당신의 불행 속에
행복이 있기를

당신의 불행 속에 행복이 있기를

발행일	2020년 11월 27일

지은이	하 루		
펴낸이	손형국		
펴낸곳	(주)북랩		
편집인	선일영	편집	정두철, 최승헌, 윤성아, 배진용, 이예지
디자인	이현수, 김민하, 한수희, 김윤주, 허지혜	제작	박기성, 황동현, 구성우, 권태련
마케팅	김회란, 박진관, 장은별		
출판등록	2004. 12. 1(제2012-000051호)		
주소	서울특별시 금천구 가산디지털 1로 168, 우림라이온스밸리 B동 B113~114호, C동 B101호		
홈페이지	www.book.co.kr		
전화번호	(02)2026-5777	팩스	(02)2026-5747

ISBN	979-11-6539-470-7 03810 (종이책)	979-11-6539-471-4 05810 (전자책)

이 도서의 국립중앙도서관 출판예정도서목록(CIP)은 서지정보유통지원시스템 홈페이지(http://seoji.nl.go.kr)와
국가자료공동목록시스템(http://www.nl.go.kr/kolisnet)에서 이용하실 수 있습니다.
(CIP제어번호: CIP2020050049)

(주)북랩 성공출판의 파트너

북랩 홈페이지와 패밀리 사이트에서 다양한 출판 솔루션을 만나 보세요!

홈페이지 book.co.kr　•　**블로그** blog.naver.com/essaybook　•　**출판문의** book@book.co.kr

당신의 불행 속에
행복이 있기를

May happiness be in your misery

하루 글·그림

북랩 book Lab

난 해수면에서 힘껏 헤엄쳐 버티고 있다.
힘이 풀려버려 가라앉기에는 너무도 두려워서
불행이라는 끝이 없는 심해로 가라앉지 않기 위해
온몸에 힘이 전부 풀려도 버티고 있다.
하지만 이내 알아버렸다.
난 이미 불행 속에 잠식되어 있었다는 것을,
행복이란 없던 힘을 쥐어짜내어
잠깐 숨을 돌리는 것이 불과하다는 사실을,
우리의 인생에서 행복의 빈도와 불행의 빈도는
너무나도 크게 차이가 난다는 것을

난 알아버렸다.

프롤로그

부산의 허름한 산부인과,
그곳에서 한 사내아이가 태어났다.

아이를 낳을 계획도,
돈과 시간도 없던 부모는 아이를 키우는 데 서툴렀고
의도치 않게 부모는 아이의 마음속에
상처를 깊게 새겼다.

숨도 제대로 쉬기 힘든 상황의 집안에서
아이의 성격은 움츠러들었고,
소심 해져버린 성격 탓인지
어린 나이에 따돌림을 당했다.

망나니 같은 삼촌은
허구한 날 집에 들어와 난동을 부렸고,
집에서 돈을 가지고 도망갔다.

아이는 어릴 때 봐서는 안 될 장면들을
많이 보고 자랐다.

아이가 초등학교에 들어갈 나이쯤
아이의 아버지는 열심히 돈을 벌어
부산의 반지하방에서 서울로
가족들을 데리고 이사를 왔고,

경제적으로는 전보다는 훨씬 여유로워졌다.

하지만 그전의 과도한 스트레스 덕분에
9살쯤의 어린 나이에 아이는
"뚜렛증후군"이라는 병을 얻게 된다.

다행히도
아이가 초등학교 고학년에 들어갈 때쯤
뚜렛증후군은 거의 증상이 완화되었고,
친구들과도 원만한 관계를 만들어갔다.

그리고 아이는 중학교에 들어갈 무렵
어머니가 위암 판정을 받으셨다는 소식을 접한다.

아버지는 어머니를 간호하시기 위해
거의 병원에 살다시피 하셨다.

아이는 동생을 챙기고, 공부를 하고,
아르바이트를 하며 돈을 벌었다.

아이는 소년이 되어 중학교를 졸업한 후
고등학교를 진학하지 않고
검정고시를 보았다.

검정고시에 합격한 후에는 대학에 들어갔다.

소년은 학비를 마련하기 위해
여러 가지의 아르바이트를 해
돈을 마련했고,
학교 친구들과 사이가 좋지 않던 참에
직장에서 한 친구를 만났다.

중학교 때의 친구들과 연락을 끊고 살았던
소년에게는 거의 유일한 친구였다.

하지만 소년의 유일한 친구였던 그 아이는

아르바이트를 하다 교통사고로
19살의 어린 나이에 세상을 떠났다.

마침 우울증 등 여러 정신 질환을 앓고 있던 소년이
삶을 살아가는 데 큰 시험이 되기 충분했다.

소년은 인생에 빛이란 보이지 않고,
캄캄한 암흑 속에 살아가며
더 이상 버틸 수 없다고 느꼈다.

그리하여 평소 불면증으로 처방받은 수면제를
한 움큼 삼킨 후
세상으로부터 편해지기 위해 눈을 감았다.

수면제 과다 복용 후
극심한 통증과 함께 깨어난 소년은
이 세상에 혼자라고 느꼈지만,

행복 따위는 찾아도 볼 수도 없는 삶이라고 느꼈지만,

설사 자신의 삶이 불행으로 시작해 불행으로 끝날지라도,

불행과 불행 사이에 작은 행복이라도,

정말 작고 볼품없지만 티끌만큼이라도
살아가길 잘했다는 생각이 들도록,

열심히 죽을힘을 다해
남은 삶을 살아가리라고 다짐했다.

소년은 성인이 되기 전 건축 일을 배웠다.
그리고 그 기술을 가지고 성인이 된 후
돈을 벌어 어느 정도 자리를 잡았다.

성인이 된 청년은 그토록 끈질기게 자신을
따라다녔던 가난에서 벗어났다.

하지만 청년은 여전히 공허했다.

자신이 왜 이렇게까지 해서 살아야 하는지
이유를 찾고 싶었다.

눈치챘겠지만 이 글은 나의 이야기이고,
이 책을 읽고 있는 당신들의 이야기가 될 수도 있다.

살아온 환경이 180도 다를 수 있지만
전반적인 틀만 보면 사람이라면 누구나
살면서 겪는 감정과 생각이기 때문이다.

어느 날 나는 일을 끝마치고
텅 빈 집에 들어와 술을 마시며 생각했다.

'외롭고, 공허하다.'
나의 삶에 목적이 뭔지 알고 싶었다.

뜬금없지만
글을 쓰며 나의 생각과 가치관을 써 내려가 보고 싶었다.

그리고 그때부터 이 책이 출간하기까지의
여정이 시작된다.

각자의 아픔과 생각,
의견을 모두 공감할 수는 없지만
적어도 몇 명에게라도 나의 글에 공감이
가는 사람이 있을 것 같았다.

비록 인생의 절반도 살아본 적 없는
뭣 모르는 놈이 쓰는 글이지만

이 글을 읽고 있는 당신에게 적게나마 꼭
공감과 위로가 되면 좋겠다.

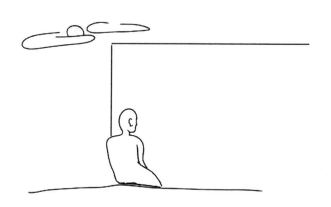

차례

상대적 고통

사람이라면 누구나 가슴속에
크든 작든 각자의 상처를 가지고 살아간다.

필자가 정말 감정적으로 힘들 때
친한 지인에게 이런 말을 들은 적이 있다.

행복이든 불행이든
자기 마음먹기 따름이라고,

자신의 인생과 나의 인생을 바꾼다면
자신은 그대로 행복하고,
나는 불행할 것이라고,

사람들은 종종 위로랍시고
이런 말들을 할 때가 있다.

다 힘들다고,

너만 힘든 거 아니니까 기운 내라고,

네가 힘들 게 뭐가 있다고 그러냐고,

너보다 힘든 사람들 훨씬 많아,
그러니 기운 내라고,

이 또한
필자가 들은 말들 중 극히 일부이다.

이런 말들은 기운은 하나도 안 날 뿐더러

어떤 심한 말보다도
깊은 상처가 될 수 있다.

물론 맞는 말일 수도 있다.

상대적으로 보았을 때,

나의 감정적인 이 상처와 문제가
남들에 비하면 정말 아무것도 아닌 문제일 수도 있다.

하지만 난 이 세상 모든 사람들의 인생을
살아보고 겪어본 적이 없다.

그러니 난 그들의 인생을 모를 뿐더러,

다른 사람들의 고통의 크기와
나의 감정적 문제는
전혀 관계가 없다고 생각한다.

그들이 나보다 얼마나 어떻게 힘들던
나의 고통은 줄어들지 않는다.

반대로 우리 각자의 인생 전부를
그들이 옆에서 지켜보기라도 했는가?

우리가 무슨 일을 겪고 어떻게 살았는지는
우리 스스로 말고는 그 누구도 모른다.

즉 우리 모두는 서로의 인생과
고통의 크기를 판단할 수 없다.

"고통"이라는 것은 절대로
상대적으로 표현할 수 없고 해서도 안 되는 것이다.

만약 진심 어린 위로를 해주고 싶다면
저런 말이 아닌,

따뜻한 포옹 한 번이
진심 어린 위로가 될 수 있다고 생각한다

스스로 죽는다는 것

며칠 전 필자는 수많은 악플과
그 밖에 개인적인 문제로
스스로 목숨을 끊은 연예인이,

현재의 고통을 피해 도망치는 것일 뿐

겁쟁이라며 욕을 하는 몇몇 네티즌들의
글을 보았다.

스스로 목숨을 끊는 것을
흔히들 "자살"이라고 말한다.

이 단어는 우리들의 입에 가볍게
오르락내리락할 수 있는 단어가 아니다.

자살한 사람이 얼마나 많은 용기를,

또 얼마나 고통스러웠을지
그 누구도 가늠조차 하지 못하기 때문이다.

자살하는 사람들 중에
실제로 죽고 싶어서 죽는 사람은 없다.

다만 지금 현재의 삶이 너무 고통스럽고
이렇게는 절대 살지 못한다고 판단하여
그런 선택을 한 것이다.

몇몇 사람들은 이런 말을 한다.
"죽을 용기로 뭐든 하면 성공할 수 있다."

정말 들을 가치도 없는 소리라 생각한다.

사람들은 죽을 용기를 내는 것보다

지금, 앞으로 하루하루를
살아갈 용기를 내는 것이 더욱 힘겨울 때

지금 당장의 상황이
너무나도 고통스러울 때,
자살이라는 선택을 한다.

때문에 우리는 이들의 선택을 절대
판단하고 비판할 자격을 가지고 있지 않다.

"고통스러워"
하루 하루를 살아가는 것이,
몸이 조각나는 것만큼이나

"고통스러워"

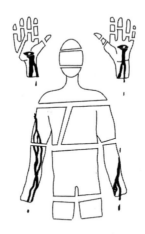

살아봐요 우리

이 세상에서
자신이 혼자라고 느껴질 수 있다.

나의 편은 온데간데없고
모두가 나를 등지고
외면하는 것 같다고 느낄지도 모른다.

나 또한 그렇게 느꼈다.
가족도 친구도
아무도 내 편이 없다고 느꼈고,

이 세상 속에,
끝도 없이 깊고 짙은 어둠 속에
혼자 남겨진 느낌을 받았다.

하지만 누구도
이 세상에 혼자인 사람은 없다.

모두가 나를 싫어하는 것도 아니고
모두가 나를 좋아하는 것도 아니지만

날 좋게 보는 사람은 어딘가에 존재한다.

살아가는 게 너무도 힘겹고
불행하다고 느낄 수 있다.

하지만 본래 인생은
계획대로 되지 않는 것이고

인생에서 10가지의 일이 있다면
10가지 모두 잘되는 것은 불가능에 가깝다.

즉 우리의 인생이 행복하기만 하다는 것도
불가능에 가깝다.

우리 모두 태어남과
동시에 죽을 일만 남은 덧없는 인생을,
시간을 가지고 살아가고 있다.

하지만

불행과 불행 사이에서 살고 있을지라도
작게나마 행복을,
즐거움을 느낄 수 있다면,

그것만으로도 우린 살아갈 가치가 있다.

그 일이
지금은 먼 미래처럼 보일지라 하더라도

일단 계속 살아가 보자.

열심히 하루하루를 버티며 살아가다 보면

언젠가는 작게나마
살아가길 잘했다는 생각이 들 것이다.

우린 세상에 나온 그날부터
행복하게 살아갈 자격이 있어
넌 그럴 자격이 있어

지친다

밤낮으로 일을 하고 돌아온 뒤
밀린 학교 과제를 끝마친다.

대충 밥을 차려 먹고 집안 청소를 한다.

그리고 늘 그렇듯 맥주 한 잔을 마신 후
하루 일과를 되짚어 본다.

지친다.
인생을 행복하게 즐기며 살고 싶다.

하지만 어딘가를 놀러 갈 돈도,
시간도 여유도 없다.

하고 싶은 것이 있어도 할 여건이 되지 않는다.

매번 똑같은 일상과 똑같은 패턴,
재미라고는 눈곱만큼도 찾아볼 수 없는 지금,

나의 인생은 무료하고 지친다.

그냥 한 달,
아니 일주일만이라도 아무것도 하지 않고
자고 싶다.

바닥

"밑바닥에서는 정상에서는 얻을 수 없는"
가르침을 배운다.

이 세상에서는 바닥에서 시작해
위로 올라간 사람들이 정말 많다는 것.

그러니 현재 자신의 분야에서
바닥에 있다고 나쁜 것만은 아니다.

바닥에 있다면 "올라갈 일만 남았으니까."

중요한 것은 바닥을 어떻게 딛고
빠르게 떠오를 수 있느냐이다.

바닥에 가라앉을 때와 다시 솟구쳐 올라올
때의 속도가 같아서는 안 된다.

물속을 생각해 보자,

바닥까지 가라앉을 때는
누구나 천천히 가라앉는다.

이것은 바닥이 어디인지 충분히 살피고
점검하라는 자연의 뜻이라고 볼 수 있다.

하지만
올라올 때는 천천히 올라와서는 안 된다.

반동이 약하면 다시 가라앉기 때문이다.

그러니 다시는 바닥에 떨어지지 않겠다는
각오로 있는 힘껏 바닥을 밀어내야 한다.

그리고 단숨에 목표한 상위지점에 도달해야 한다.

누가 뭐라고 부추기든,
비웃든
사실은 그게 아니라고 할지라도,

"절대" 믿지 마라.

오직 나의 목소리만을 믿어라.

충분히 바닥을 살핀 후 단숨에 뛰어올라라.

"물론 힘들고 고통스러울 것이다."

최선을 다해 발버둥 쳐도
우리가 생각한 목표치보다
높이 떠오르지 못할 수도 있다.

하지만 우리가 최선을 다해 뛰어오른다면
적어도 더 내려가거나,
멈춰 버리는 일은 없다.

그게 아주 조금일지라도,

바닥을 있는 힘껏 차고 올라간다면 원래
있던 곳보다 더욱 높이 올라갈 것이다.

목표한 상위지점과 더욱 가까워질 것이다

"우리의 꿈과 더욱 가까워질 것이다"

최선의 선택

무언가를 선택한 다음 그 선택에 대한
후회를 줄이는 가장 좋은 방법은

결과가 어찌하되었든
그것이 최선이었다고 믿는 것이다.

관념적인 희망을 품으라는 이야기가 아니다.

"실제로 그렇기 때문이다."

보통 지나온 과거를 후회할 때 우리는
"그때 그렇게 했다면" 하며

다른 선택에 따라왔을 긍정적이고 성공적인
결과를 떠올리고

올바른 쪽을 택하지 못한 자신을 책망한다.

결과가 불만족스럽다는 점보다

주로 자신이 잘못된 선택을 했다는 사실에
더 큰 괴로움을 느끼는 것이다.

하지만
미래를 내다보는 능력을 갖추지 않은 이상
결과를 알고 무언가를 선택하거나

결정하는 사람은 없다.

모두 불투명한 가능성을 보고
스스로 최선이라 생각하는 길을 고를 뿐이다.

가장 좋다고 생각이 드는 선택지를 두고
굳이 다른 것을 고르지는 않을 테니까.

뒤집어 생각하면 과거로 다시 돌아가더라도

우리의 기준에서는 다른 선택지가
눈에 들어오지 않을 거라는 것이다.

다시 말하면 우리는 매 순간,
최선의 선택을 하며 살아가고 있는 셈이다.

그러니
다소 만족스럽지 않은 결과가 나오더라도,

그것을 선택한 자신을
너무 몰아붙일 필요는 없다.

그러니 지나간 일들을 떠올리지 말고
이미 일어난 일들을 후회하지 말고
바꿀 수 없는 것들을 아쉬워하지 말자.

그저 지금 이 순간을 생각하고
앞으로의 미래를 생각하자.
하지 못했던 것들이 아닌,
하고 싶은 것들을 바라보자.

"우리들의 선택은 늘 최선의 선택이었으니 말이다."

우울

그냥 행복하게,

다 필요 없고
평범하게 살아가고 싶은 건데,
단지 그것 하나일 뿐인데,

그게 안 된다고 느껴질 때,
행복은 바라지도 않았던 내 인생이
지극히 불행하다 느껴질 때,
나는 우울해진다.

필자는 심한 우울증을 앓고 있다.

여러 번 목숨을 끊으려고 시도해 보았고
더는 살고 싶지 않다고 수차례 느꼈다.

꾸준히 병원에 다니며
수많은 약을 먹고도 있지만,
이 감정은 쉽사리 사라지지 않는다.

운 좋게 며칠 동안
별 탈 없이 잘 지내다가도,
우울이라는 이 감정은
갑작스럽게 찾아온다.

끊임없이 부정적인 생각을 하고
그로 인해 과거의 일들과
후회 속에 살아가고,

스스로 자책하고 힘들게 한다.

정말 거지 같은 일이다.

밥을 먹다가도,
일을 끝마치고 돌아오는 버스 안에서도,

사람을 만나
실컷 재미있게 놀고 온 직후에도,

이 우울이라는 감정은 예고 없이 찾아온다.

그러면 이 우울이란 감정을 완치할 방법은
없는 것일까?

솔직히 말하면 완치,
즉 100% 없애는 것은 불가능에 가깝다고
생각한다.

하지만 빈도를 줄일 수는 있다.

음악을 듣는다든지,
운동을 한다든지,
뻔한 방법들이지만 그만큼 효과는 있다.

하지만 자신의 상황에 맞는
각자의 해결방안은
각자가 스스로 찾아야 한다.

자신의 감정도 제어하지 못하는 내가

다른 사람의 감정에 대해 충고한다는 건
웃기는 일이니까.

가치 있는 사람이란

필자는 그림을 그리며 그 속에
여러 의미를 포함시키는 것을 좋아한다.

어느 날 나는 그림을 하나 그렸다.

하지만 그 그림을 바라보는 시선과
가치관은 제각각이었다.

그림 속의 뜻을 이해하지 못한 사람들은
그저 하찮은 낙서일 뿐이라고 생각했고,

그 속에서
그림이 표현하는 의미를 깨달은 사람들은

그것을 "작품"이라고 말했다.

그림은 누가 바라보냐에 따라서
그 가치가 달라진다.

비록 하찮은 그림일지라도
바라보는 시선에 따라 작품이 되기도,
낙서가 되기도 한다.

사람도, 우리도 마찬가지다,

우리가 자신의 인생을
어떻게 바라보냐에 따라,

우리들의 인생의 가치는 올라간다.

그것이 가치 있는 삶을 위한
첫걸음이 될 것이다.

사람은 보이는 대로 생각하고 해석한다.

우리의 삶이 무가치하게 보일지라도
그것은 사실이 아니다.

무가치한 사람은 존재하지 않는다.

우리 각자는 세상에 나올 때부터

사랑받고 존중받을 만한 권리와
가치가 존재한다.

당신은 충분히 가치 있는 사람이다

자존감

사람들은 내게 말한다.

"넌 부족해." "넌 왜 그러니."

어느 순간부터
내가 나에 대해 이렇게 생각하기 시작했다.

"난 부족해."
"난 왜 이 모양일까."
"난 문제 있구나."

경제적 어려움, 외로움,
반복된 실패와 좌절,
나를 깎아내리는 타인의 말,
이 모든 것들로 인해
잘하는 것도 하나 없는 나 자신에게
난 더욱 엄격해져만 간다.

"자존감은 높이는 것이 아니라

지키는 것이다."

자존감은 자신의 감정을 존중하는 것이다.

타인의 시선이 두려울 때
내 모습이 부끄럽다고 생각될 때
나에게 어떤 문제가 있다고 여겨질 때

그것으로부터
나의 자신감, 존재감을 지킬 수 있는 말은

"난 충분해."라는 말이다.

나를 가장 잘 아는 사람은
친한 친구도 가족도 아닌
바로 나 자신이다.

나는 결코 부족한 존재가 아니다.

나는 사랑받고 존중받을 만한
충분한 존재이다.

모두가 나에게 틀렸다고 손가락질해도
나 자신이 맞다고 느낀다면
그렇게 하면 되는 것이다.

우리는 모두 틀린 것이 아니라
각자 다른 사람들일 뿐이다.

내 마음속 비판자의 목소리와
주위 사람들의 가시 박힌 목소리보다

내 마음속 나는 충분하다고 외치는
진실된 나 자신의 목소리가 더욱 커지기를

진심으로 바란다.

후회 없는 인생

후회 없는 인생을 산다는 것은
"난 태어나서 거짓말을 단 한 번도 하지
않았어."라는 터무니없는 말과 같다.

지금 이 순간, 나뿐만 아니라 누구라도
분명 어떤 것을 후회하며
외롭게 울고 있을지도 모른다.

내가 왜 그런 선택을 했을까?

지금 이 순간이 꿈이었으면 좋겠다며
스스로 자책하고 슬퍼할 것이다.

하지만 진짜로 더욱 슬픈 것은
이건 꿈도, 망상도 아닌
현실이라는 것이다.

아무리 되돌리고 싶어도 되돌릴 수 없으며
결국 내가 선택한 행동에 대한

결과라는 것이다.

그러니 힘들겠지만 받아드려야 된다.

지금 당장은 힘들고
어떻게 살아야 할지 답답하고 미치겠지만,
죽을힘을 다해 살아갈 이유를 찾아야 한다.

누구나 실수를 하고 누구나 잘못을 한다.

하지만 아무나 반성을 하고
아무나 자신의 잘못을 인정하지는 않는다.

그러니 지금 만약 당신이
후회하고 반성하고 있다면
당신은 충분히 다시 일어날 수 있다.

인생을 두 번 살아보지 않은 이상,

우리는 누구나 불완전하게 태어났고
불완전한 삶을 살아간다.
나도 그렇고, 누구나 그럴 수 있다.

그러니 당신도 지금 괜찮은 것이다.

모두들 틀린 것이 아니고
다른 것일 뿐이다.

지금 원 없이 후회해 보아도
시간은 되돌려지지 않는다.

그리고… 기다려 주지도 않는다.

그러니 과거에 얽매여 살아가는 것보다,

지금 현재에 충실하고 집중하는 것이
우리 스스로에게 편하고 좋을 것이다.

원래 그냥 그런 거라고 생각한다

인생이란…

꼭 행복할 필요가 있나요?

난 행복할 수 없다고 생각했다.
그러나 누구보다 행복하고 싶었다.

행복이란 단어는 나에게 매우 낯설다.
쉽게 와닿지 않는 단어인 것 같다.

살면서 행복했던 때를 고르라고 한다면
생각나지 않는다. 단 한순간도.

그저 하루하루를 버티며,
꾸역꾸역 살아갈 뿐이다.

그렇지만 내가 행복이라는 느낌을
모르는 것은 아닐 것이다.

분명 작게나마
행복했던 순간이 있었을 것이다.

행복이란 게 도대체 무엇일까.

늦은 밤 SNS를 멍하니 보고 있다 보면,

모두들 행복해 보인다.

모두 밝은 미소와 즐거워 보이는 사진들을
게시한다.

그런 사진들을 보면
"아, 행복해 보인다."라는 생각이 들며
더욱 행복을 갈구하며 부러워진다.

그렇지만 이런 생각도 든다.

만약 저런 것이 진짜 행복이라면,
그저 행복의 정의가 그런 것이라면

굳이 행복해야 할 필요가 있는 것인가?

그저 덤덤하게 하루하루를
최선을 다해 살아가면 되는 것이 아닌가?

난 하루하루가 즐겁고
만족스러운 삶을 사는 것이
행복이라고 알고 있었다.

하지만 생각을 조금만 해 본다면 너무도
허황된 바람이었다는 것을 알 수 있다.

어떤 날은 나쁘고,
어떤 날은 즐겁고,
어떤 날은 견디기 힘들 정도로 힘겹고,

어떤 날은 그저 그런,

이런 삶을 누구나 살고 있지 않은가?

문득 내 인생에서 그렇게 절실히
굳이 행복을 바랄 필요가 없다고
생각이 들었다.
이렇게 절실히 행복을 갈구하느니,

그저 내 앞에 놓인 나의 "인생"을
최선을 다해 살아가리라고 다짐했다.

길다면 길고 짧다면 짧은 인생에서,

나에게 남은 이 하찮은 인생을,
시간을 최대한 아름답게 꾸미고 싶다.

정신과 상담

일을 끝마치고
평소 다니던 정신병원에 발걸음을 옮겼다.

선생님: 요즘 어때요?

사실 별로 다를 게 없어요.
늘 뭔가 가슴이 비어 있듯이 공허하면서도
무언가 꽉 차있는 듯 답답해요.

선생님: 우울한 감정도 계속 똑같나요?

네, 즐겁게 놀고 와서도
한순간에 우울한 감정에 휩싸여요.

선생님: 잠은 잘 주무시나요?

아뇨. 보통 2~3시간 정도 자고
어떤 날은 아예 못 자요.

선생님: 그럼 공황증상도 계속 변함이 없나요?

좀 나아진 것 같기는 해요.
근데 여전히 사람들이 많은 곳에 가면
불시에 심장이 미칠 듯이 뛰고 손이 떨려요.

선생님: 알겠습니다.
공황 약 하고 그 밖에 약을 조금 더 추가해 드릴게요.

네, 감사합니다.

치료는 진전이 없다.
평소처럼 집에 들어와 약을 입에 털어 넣은 후
강아지들을 데리고 산책을 하러 나갔다.

집에 들어와 일하고 잠을 청한다.

여전히 잠은 오지 않고
계속해서 이런 의문들만 쌓여간다.

대체 왜 이런 걸까.
어디서부터 잘못된 걸까.

나는 어째서 살아가고 있는 걸까

남들보다 뒤처진 것 같을 때

내 삶은 불안하다.

처음에는 남들보다 뒤처지는 것이
죽을 만큼 싫고 불안했다.
하지만 이내 깨달았다.

굳이 뒤처지는 것을 불안해 하고
두려워할 필요가 없다는 것을,

자신이 남들보다 뒤처진다고 생각이 든다면
그것은 뒤처진 것이 맞을 것이다.

하지만 남들의 보폭에 신경 쓰고 연연하며,
그것에 맞추려고 애쓰는 것은 중요하지 않다.

우리 스스로만의 길과 속도를 찾아야 한다.

인생을 앞서가는 것만이 정답은 아니다.

"어떻게" 가느냐가 중요하다.

뒤처지는 것이 어때서?

아무것도 하지 않고 있다면
뭐라도 하면 된다.

나도 안다.
말로는 쉽지만 무엇을 시작한다는 것이
얼마나 두렵고 도전이 되는 일인지.

다만 속도를 신경 쓰지 않고
천천히 자신의 방향을 정하고
그대로 나아간다면,

그대로 하고 있다면,

그것으로 충분하다.

속도는 중요하지 않아
중요한 건 방향이야

쉬어 가는 것을 두려워하지 마세요

앞으로 나아가야 한다는 강박감과
불안감에 사로잡혀,

이도 저도 아닌 상태로
시간을 낭비하고 있는가?

아니면 무언가를 꾸준히 열심히 해왔지만,

몸과 마음이 지쳐 다른 무언가를 할
염두와 용기조차 나지 않는가?

그럴 때는 잠시 쉬어 가는 것 또한
괜찮은 방법이다.

난 이렇게 생각한다.
"쉬어감이 있어야 나아감도 있는 것"이라고

인생을 길게 봐라.

짧게 본다면 한없이 짧지만,
길게 본다면 우리의 인생 속에서
우리가 할 수 있는 일은
우리의 생각보다 많으니까.

시간은 우리의 생각보다 적지만
생각보다 많기도 하다.

그러니 쉬어가는 것을 두려워하지 마라,

지금 지치고 너무 힘들면 그냥 쉬어라.
쉬었다가 다시 시작하면 된다.

그래도 괜찮아.

자신이 뱉을 말을 무조건 지키지 않아도 돼

자신이 뱉을 말을 지키지 않아도 된다.

이 말은 자신이 뱉은 말에
책임을 지지 않아도 된다는 말이 아니다.

내가 뱉은 말,
즉 내가 약속했던,
그리고 목표로 했던 것이 살다 보면
어느 순간 달라질 수도 있다.

예를 들어 내가
아는 지인과 사업을 시작했다고 치자.

처음에는 그 지인에게
난 이 사업에 최선을 다할 것이고,
이 사업을 크게 번창시키겠다고 약속을 했다.

하지만 시간이 지날수록
사업이 불안정해지고 매출도,

마진도 안 나오고,

사업을 시작한 초창기 생각과
지금의 생각이 달라져서
사업을 그만두어야
나 자신이 더욱 발전할 수 있다는 느낌이 든다.

하지만 처음에 말한 그 말 때문에
그 지인이 나를 뱉은 말에
책임을 안 지는 사람으로 볼까 봐,
속물로 볼까 봐.

그 일을 계속 끌고 간다면
그 어떤 것보다도 귀한 나의 시간,
더욱 발전할 수 있는 기회가
미뤄지는 것으로 밖에 되지 않는다.

그 누구도 자신이 뱉은 말을
완벽하게 지키는 사람은 존재하지 않는다.

우리 자신은 항상 경험을 통해
배워 나가고 있는 중이기 때문에

당연한 것이다.

물론 내가 다른 누군가와 약속을 했다면
일단 시작하고 책임지려 노력하는 것이
맞는 것이다.

그 순간 우리는 분명 진심이었을 것이니,

하지만 우리의 생각은 늘 변화한다.

하루하루 무언가를 겪을 때마다 성장하고
변화한다.

그렇기에 충분히 우리의 생각들은
달라질 수 있다.

그래서 인생에는 정답이 없는 것이다

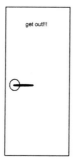

하고 싶은 거 다 하면서 살지 마

늦은 저녁 술을 마시며
유튜브를 뒤적거리다 자신의 경험을 토대로
인생에 대해 조언하는
한 여자의 영상을 보았다.

영상의 내용은 젊을 때,
또는 나이가 들어서도 한번 사는 인생
하고 싶은 거 다 하며
인생을 최대한 즐기면서
살아가라는 내용의 영상이었다.

그걸 보며 어이가 없었다.

이걸 조언이라고 하는 건가?
이런 무책임한 말을
어떻게 저렇게 당당하게
모두에게 말할 수 있는 거지?

표면적으로는 듣기 좋고

멋있어 보이는 말일 수도 있다.

하지만 현실적으로 불가능하다는 걸
우리는 알고 있다.

하고 싶은 것을 다 하면서 살라고?
그 뒷감당은 순전히 우리의 몫이 아닌가,

물론 가능한 사람들도 있겠지만
대부분의 사람에게는
판타지와 같은 말이라고 생각한다.

놀고 싶을 때 놀고,
먹고 싶을 때 먹으며
그렇게 맘대로 살 여건이 우리는 되지 않으니까.

다만 하고 싶은 직업을 찾아서 경험해 보는 것은
긍정적으로 생각한다.

쓸모없는 경험은 없으니까,

다만 하고 싶은 일에 밀려

해야 하는 일을 못해서는 안 된다,

우린 해야만 하는 일이 쌓여있고

우리들의 시간이란 돌아오지도
기다려 주지도 않으니까.

누구나 한번쯤 길을 잃는다

샤이니의 멤버 종현이
힘들고 우울한 사람들을 위해
진심어린 위로와 조언을 했던 영상을 보았다.

입만 번지르르한 형식적인 위로가 아닌
정말로 힘든 사람들이 듣고
위로받을 수 있는 값진 말이었다.

그런데 그런 멋진 말을 남긴 종현이
스스로 목숨을 끊었을 때
나는 작지 않은 충격을 받았다.

우울한 사람의 마음을
가장 많이 위로한 사람도
우울증으로 세상을 등질 수 있다.

인생이라는 넓고 험한 바다에서
누구나 한번쯤은 길을 잃는다.

그리고 이 세상에는 생각보다 많은
수많은 종현과도 같은 사람이 존재한다.

어쩌면 우리 모두일지도 모른다.

살아가며 수많은 후회와 죄책감이
스스로 비겁하다 느끼며
나 자신을 더욱 옭아맨다.

살면서 용서해야 하는 것 중에는
다른 사람을 용서하는 것뿐만이 아니다.

가장 중요한 것은
나 자신을 용서하는 것이다.

누구나 방황하고
누구나 헤매고
누구나 쉽게 넘어진다.

하지만 그럴 때마다
우리는 "다시" 시작해야만 한다.

그렇지 않으면
인생이라는 넓은 바다를 항해하며

영영 나오지 못하는 저 깊은 바닷속으로
스스로 잠식되어 버리니까.

성공한 인생이란

성공이란 무엇일까

전망 좋은 집과 외제 차?
아니면 수많은 부와 명예?

내가 생각하는 성공한 인생은
자주 행복하고 자주 웃는 인생,
나로 인해 다른 누군가가 행복해지는 삶이
진정한 성공한 삶이 아닐까 생각해 본다.

각자만의 가치관에 따라
성공의 가치가 다르겠지만.

단순히 남들 눈에
성공한 것처럼 보인다고 해서
성공한 인생은 아니라는 것이다.

난 개인적으로 성공이란
행복과 같다고 생각한다.

보통의 사람들은 목표를 세워 놓고
그것을 성취하기 위해 노력하고,

그것을 성취했을 때
그것을 성공이라고 생각한다.

만약 성공은 했지만 행복하지 않다면
그것은 반쪽짜리 성공이라 볼 수 있을 것이다.

때문에 우리 주변에서
완벽하게 성공한 사람은 보기 드물다.

자신의 목표를 달성하고 정상에 올라섰지만
정작 행복을 찾아보기 힘들 수 있다.

우리들의 인생은 성공하기가 참으로 어려운 것이다.

"너는 꿈이 뭐냐?"

(나의 가장 친한 친구가 죽기 전 물어본 말이다)

"그냥 허덕이지 않을 정도로만 돈 벌면서
결혼해서 행복하게 사는 거?"

이것이 내 기준에서의 성공이고 꿈이었다.

"너는 그럼 꿈이 뭐냐?"

"나는 부동산 공부해서 돈 겁나 많이 버는
건물주 되는 게 꿈이다."

"ㅋㅋㅋ 꿈이 엄청 크네."

누구는 선생님 누구는 작곡가 또 누군가는
저마다의 꿈꾸는 직업과 목표가 있을 것이다.

하지만 얼마 지나지 않아그 직업을 가지고
그 꿈을 이룬다는 것은
극소수의 사람들이라는

것을 깨달았다.

살다 보면 계획한 대로 되지 않고 일이 꼬이는
것이 태반이다.

하지만 넘어졌다고 좌절하지 마라,

계획대로 되지 않는 것이 인생이고
그게 당연한 것이다.

다만 계속해서 목표를 정하고
계속해서 걸어가다 보면
정상에 도착하지는 못하더라도

출발점보다 훨씬 높이 올라왔다는 것을
깨달을 것이다.

소확행

맛있는 음식을 먹는 것, 혼자 술 한잔 기울이며
저물어 가는 노을을 바라보고

오늘의 하루가 지나갈 때쯤
침대에 누워 휴식을 취하는 것

이것 또한 자기 자신이 만족한다면
행복이라 말할 수 있겠지.

작은 것으로부터 행복을 얻는다는 것은
아주 쉬우면서도 어려운 일이다.

우리의 의지대로
행복은 따라와 주지 않으니까.

비록 지금까지의 인생이
불행하다고만 느낄 수 있지만

과거에 또는 미래에

분명히 행복했을 때가,
행복할 일이 있을 것이다.

대단하지 않은 하루가 지나고
또 별거 아닌 하루가 온다 하더라도
인생은 살 가치가 있다.

후회만 가득한 과거와
불안하기만한 미래 때문에
지금 이 순간을 망치지 않기를.

오늘을 살아가세요.
우리 모두는 태어난 그 순간부터
그럴 자격이 있으니까.

그러니 지금,
이 시간 이 순간을 최대한 의미 있게,
멋지게 살아 보자.

그러면 행복 또한 따라올 테니.

관계

사람이 사람을 평가하는 것 자체가 우스운 일이지,

흔히들 말하는 신이 아닌 이상
완벽한 사람이란 존재하지 않으니까.

사람을 볼 때 가장 중심이 되는 것은
그 사람이 아닌 그때의 나의 기분,
나의 취향, 나의 가치관이다.

따라서 상대방을 보는 관점은
온전히 나 자신에게 달린 것이다.

누군가가 이유 없이 싫어졌다면
보통의 경우 문제는 자신한테 있다.

다만 이유가 분명하다면
그것은 상대방의 문제이겠지.

상대방과의 만남과 관계가 즐겁지 않고

자신에게 조금이라도 해가 된다면
관계를 정리하는 것을 두려워하지 마라.

세상에는 60억이 넘는 사람들이 존재한다.

굳이 원치 않는 관계를
계속 이어나갈 필요는 없다.

얼마든 좋은 사람들은 있으니 말이다.

친분이 있는 사람이 얼마나 많은가는
중요한 것이 아니다.

중요한 것은
얼마나 가치 있는 사람이
내 주위에 있는가이다.

그것이 가족이든 친구든
자신을 온전히 이해하고 진심으로 대하는
사람이 단 한 사람이라도 있다면.

그것으로 충분하다.

시들어 버린 꽃을 보면
기분이 좋아지는가?

아니다

하지만 아름다운 꽃을 보면
기분이 좋아진다.

같이 있어도 내게 도움이 되는,
기분이 좋아지는 사람을 만나라.

그것이 최선이고
우리 자신을 위하는 것이다.

공감

누군가의 슬픔에 대해 공감한다는 것은
참으로 어려운 일이다.

예전에 필자가 좋아하던 음악가이자
아티스트, 음악계에 정점에 선 사람,
흔히들 말하는 성공의 대표적인 예 권지용.

시간이 나는 날에
권지용이라는 다큐멘터리를 보았다.

누구든 부러워하는 삶,
돈과 명예 모든 걸 가졌지만
그의 얼굴에서 행복을 찾기에는 어려웠다.

그는 공허하고, 외로움을 느끼고 있다고 했다.

몇몇 사람들은
내가 만약 저 사람이었다면
매우 행복할 것이다.

저렇게 많은 걸 가졌다면
행복하기만 할 텐데,
저 가수는 배가 불렀다고 이야기했다.

실제로 그럴까?
그렇게 원하는 걸 모두 손에 넣었지만
실제로도 공허하고, 외롭고, 우울할까?

우린, 속히 이 지구 속에서 살아가는
"인간"이라면
남의 인생과 감정에 100% 공감하는 것은
불가능하다.

우리와 그들의 살아온 시간과
깊이가 다르고

우리 각자가
그들의 인생을 살아보지 않았다면,

상대를 완전히 공감하고
이해하는 것은 불가능하다.

물론 일부분은 공감할 수 있겠지.

다만 자신이 다른 사람의 감정에
공감한답시고 자신의 생각을
주절주절 내뱉는 것은
상대방에게 위로를,
힘을 주기 힘들다는 것이다.

누군가가 자신의 감정을 이야기한다면 그냥
들어 줘라,

상대의 말과 감정을 듣고
굳이 이해하려 하지 않아도 된다.

그냥, 그냥 듣고 있어 줘라.
그것만으로도 상대는 도움이 될 테니까.

술을 마시면서 생각했다
언젠가는, 언젠간
이 감정도, 이 불행도 언젠간
지나가고 행복이 찾아오겠지

신은 불공평하다

출발선이 다르다,
누군가는 저 높은 꼭대기에서,
누군가는 저 아래 바닥에서 시작한다.

신은 공평하다고?
그건 이미 성공한 배부른 일부 사람들이
하는 말일 뿐이다.

신은 불공평하다.

인생은 불공평하고 비관적이다.

다만 출발선이 어디든,
시작하는 곳이 어디든,
우리는 얼마든지 올라갈 수 있다.

비록 저 높은 곳에서 시작하는 사람들보다
더디고 힘겨울 테지만.

인간이란 동물은 신비롭게도,
불가능할 것 같은 일들을
종종 해내곤 한다.

자신의 시작점이 바닥이라면 막막할 테지,

하지만 언제나 "가능"하다는 것을
마음속에 염두에 둬라,

물론 쉽지만은 않을 것이다.

다만 불공평한 세상, 편파적인 세상이지만

그것을 이겨낸다면 언젠가는
빛을 볼 수 있을 것이다.

자신의 감정에 솔직한 것

화가 나고, 분하고, 속상해도
대부분은 꾹꾹 참고 자신의 가슴속에

수많은 감정들을 삭히며 살아간다.

나 또한 그렇다
그 어떤 힘든 일이 있더라도
혼자 앓고 혼자 울고 혼자 힘겨워했다.

당장은 그게 최선인 줄 알았기 때문이다.

하지만 감정들을 속에 삭이고
담아 두다 보면 언젠간 문제가 일어난다.

그간의 서러움과 쌓여 왔던 감정들이
한꺼번에 터져 나오는 것이다.

그렇게 되면 나뿐만 아니라
상대방 또한 당황하며

관계가 안 좋아질 수 있다.

그러니 조금씩이라도 풀어내라
친한 친구든 가족이든,
자신의 감정을 솔직하게 전달해라.

자신의 감정에 솔직한 것은
절대 잘못된 것이 아니다.

인간이라는 동물로 산다는 것

개미는 하루 종일 봄 여름 가을 동안
열심히 일하며 겨울을 준비한다.

그밖에도 열심히 일하며 살아가는
수많은 동물과 곤충들이 있다.

때문에 몇몇 사람들은
개미의 절반이라도 닮으라는 등
동물과 사람을 비교하며 지적한다.

하지만 동물과 곤충들이 당연하게
그리할 수 있는 것은 "본능" 때문이다.

그들에게는 인격이 존재하지 않고
본능만으로 움직이며 살아간다.

하지만 사람이라면 "인격"이 존재하고
어떤 일을 하든지 "의지"가 필요하다.

때문에 우리는 그런 생물들처럼 살아가는
것이 불가능한 것이다.

하지만 자신의 의지와 생각으로
그것을 실천에 옮기고,

그렇게
열심히 살아가는 사람들 또한 존재한다.

인간이라는 인격체는
그것으로 충분한 것이다.

무슨 선택을 하든지,
무슨 생각을 하든지
고민하고 결정해야 한다.

온전히 나에게 그 선택권이 달린 것이다.

그러니
더욱 복잡하고 어렵고 힘겨운 것이다.
인생이라는 것이

만약 당신이 스스로 생각해
결정을 내리고 지금 그것을 위해
힘쓰고 있다면,

그것만으로도 당신은 인간으로서,
사람으로서의 본분과
최선을 다하고 있는 것이다.

착하다는 건 칭찬이 아니야

착하다는 말을 줄곧 듣고 자랐다.
하지만 이내 깨달았다.

착하다는 말은 칭찬이 아니라는 것을

지금우리가 살아가고 있는 이 세상에서는
과연 착한 것이 좋은 것일까?

착한 사람 주위에는 착한 사람만 있다고?

아니다.

나무에 매미가 붙듯이,
꽃에 벌이 꼬이듯
사람들은 착한사람들에게서
자신의 이익을 취하기에 바쁘다.

남을 배려하고 위하는 것은
물론 좋은 일이다.

다만 자기 자신을 희생하면서까지
착할 필요는 없다.

꽃을 준다면
상대도 나에게 꽃을 줄 거라는 기대,

남에게 호의를 베풀 때마다 자신도 모르게

내가 이만큼 해줬으니
적어도 나에게 이 정도는 해주겠지라는
무언의 기대

그리고 그 호의를
"해"로 갚았을 때의 실망과 슬픔은
전에 가진 기대의 몇 배로 돌아온다.

때문에 우리의 성격과
감정을 정하는 것조차도 어려운 것이다.

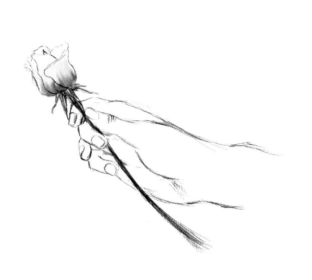

사랑

나는 안다
다른 사람으로 인해 나 자신을
사랑하게 하는 것은 불가능하다는 것을.

사랑 받을 만한 사람이 되는 것은
온전히 나 자신에게 달린 일이라는 것을.

그리고 나를 사랑하느냐 마냐는
온전히 내가 사랑하는 사람의
선택에 달렸다는 것을.

또한 알고 있다.
내가 아무리 마음을 쏟아도,

내가 아무리 진심으로
그 사람을 위한다고 해서

그들은 때로는 보답도,
반응도 하지 않는다는 것을.

신뢰와 감정이라는 건물을 쌓는 것에는
여러 해가 걸려도
무너지는 것은 한순간이라는 것을.

삶은 나 자신이 무엇을 가지고 있고
어떤 위치에 있느냐가 중요한 것이 아닌,
누가 곁에 있는가가 더욱 중요하다는 사실

우리 자신의 장점과 매력은
그저 잠깐의 시간을 넘기지 못하고
그 뒤에는 서로의 단점과 장점을
알아가야 한다는 것을.

사랑이라는 감정은 참으로 미묘하고도
복잡하다.

왜 그런 감정이 들었는지
구체적으로 설명하기 어렵고

왜 그 뜨겁던 사랑이 식었는지 또한
설명하기 어렵다.

나의 사랑은 식지도,
무뎌지지도 않았지만,
상대방의 심장은
이미 식어버린 것일 수도 있는 일,

때문에 나는 아직도
사랑이라는 감정을 이해할 수 없고
가진다는 것조차 두렵다.

나는 참지 않기로 했다

약을 처방받으러 병원에 갔다.

요즘은 좀 어떠세요?

뭐… 그냥 그래요
한 가지 다른 것이 있다면…
계속해서 감정들이 가슴속에
쌓이고 있다는 점?
그것뿐인 것 같아요

작은 문제가 아니다.
감정을 표출 하지 않고
마음속에 담아 두는 것,

필자의 아버지는 굉장히 감정적이셨다.
불쾌한 것이 있다면 바로 표출하고
자신의 감정을 절대로 숨기지 않으셨다.

난 그런 아버지를 닮고 싶지는 않았다.
하지만 어느 정도는
닮을 필요가 있다고 느꼈다.

감정을 억누른다는 것은
굉장히 고통스러운 일이다.

그리고 그 고통스러운 일을
이글을 읽고 있는 당신을 포함해
많은 사람이 짊어지고 있다.

필요할 때 자신의 감정과
생각을 말하는 것은 나쁜 것이 아니다.

감정이 쌓이고 쌓이다 보면
결국 해를 보는 것은 나 자신이고

다른 사람들은 그것을 이해해 주지 않는다.

누군가에게 상처를 받았거든
그 자리에서 말해라.

웬만한 사소한 일은 넘길 수 있어도
상처를 입은 일은 그 자리에서 얘기하고
그 자리에서 푸는 것이 현명하다.

상대가 만약 그것에 공감하지 못하고
이해하려 하지 않는다면,

그 사람은 그 정도일 뿐
자신에게 상처를 더욱 깊게 새기지 마라.

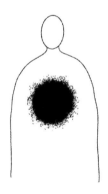

안된다고 느껴질 때

아무것도 없는 문명에서부터
수많은 발전에 이르기까지,

절대 불가능하다고 여겼던 우주를 비행하여
달에다 깃발을 꽂는 일이 걸리기까지,

몇 천㎞나 떨어져 있어도
전화 한통으로
소식을 주고받을 수 있는 날이 오기까지,

인간의 발전은 길다면 길고
짧다면 짧은 기간 내에 모두 이루어졌다.

그리고 앞으로도 인간의 한계를 점찍기에는
너무나도 광범위하다.

이처럼 인간이라는 존재는
대단하고도 신비롭다.

우리 자신이
어떤 굉장한 발명품을 발명한다든지
인류의 문명에 큰 공을 세우지는 못하더라도,

인간이라는 이유만으로
우리의 가능성은 넓고도 높다.

한 분야이든
여러 분야이든
우리가 이루고자 하는 목표를 위해
열심히 무언가를 한다면,

나의 경험상 그 목표를 이루진 못하더라도
그 목표에서 멀어지지는 않는다.

무언가에 온힘을 다해 노력하고 있지만
자기 자신에게서 발전이라는 것이
보이지 않는다고 느껴질 수 있다.

하지만 당신이 무언가를 위해
열심히 달려왔다면,

미미하게나마
당신의 목표에 가까워졌을 것이다.

나를 포함한 많은 사람들이
자신이 하고 있는 일이 안되고
진전이 없다고 느낀다.

난 그런 사람들에게 포기하지 말고
조금이라도 더 해 봐라는 말은
하지 못한다.

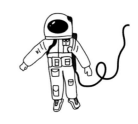

포기하고 다른 일을 해보는 것은
전혀 부끄러운 게 아니고,

자신의 목표를 위해 안간힘을 써도
이루지 못하는 경우도 존재하기 때문이다.

필자 또한 그랬다
여러 일들을 경험해 보았고
넘어져 주저앉고 싶을 때도 수없이 있었다.

하지만 그때마다 이를 악물며 버틴 적도,

포기하고
다른 일을 시도해 본 적도 있었다.

하지만 이건 말할 수 있다.

둘 중 어느 방향이 되었든,
우리의 선택은 틀리지 않았다는 것이다.

넘어져도 일어서면 된다.
휘청거려도 중심을 바로잡으면 된다.
힘이 들어 지쳐 되돌아갈 때에도,

되돌아가다
새로운 길을 발견할 수도 있는 것이다.

나는 나일뿐

다른 사람들과
같은 길을 가야된다는 강박감,

모두가 큰길로 갈 때
나 혼자만 좁고 다른 길로 간다는 것은
많은 용기와 두려움이 뒤따른다.

모두가 안 될 거라 말하고
모두가 바꾸라고 말할지도 모른다.

필자는 고등학교를 진학하지 않았다.

검정고시를 보았고
남들이 다니는 알아주는 대학교가 아닌
사이버대학교를 나왔다.

그런 결정을 내릴 때
많은 사람들이 내게 말했다.

좋은 선택이 아니라고, 무슨 사정이든
남들이 하는 것처럼 하라고,
그게 최선이라고.

하지만 그런 선택을 내린 것은
온전히 나 자신을 믿었기 때문이다.

나의 인생이고
내가 내리는 결론이고
나의 선택이다.

남들의 조언을 듣는 것이
나쁜 것은 아니지만,

그렇다고 내가 지금 가려는 길이
남들과 다르다는 것 또한
나쁜 것이 아니다.

나의 경우는 중학교 졸업 후
검정고시를 합격한 후
대학교에 들어가고
그해에 여러 기술들을 배웠다.

여러 일을 해 보았고
여러 경험을 하였다.

남들은 내가 진전이 없다고 말할지언정
나 자신은 잘 알고 있다.
내가 내린 결정과 방향은
틀리지 않았다는 것을,

어떤 힘겨운 일이든
어떤 계획이든
우리자신이 해야 된다고 다짐한 이상,
하면 되는 것이다.

남들과 조금 다른 삶과
인생을 살고 있다고 느낀다면,

그것은 틀린 것이 아니다.

본래 사람들은 전부 다르고
서로서로의 인생 또한 전부 다르다.

그러니 주변의 말들에 귀 기울이지 마라.

온전히 나의 신념과 생각을 믿고 그렇게 해라.

결과가 좋지 않더라도
다른 길을 찾으면 되니까.

몇몇 사람들은
"개성"이라는 것을 인정하지 않고
자신과 다르고 특별하다는 이유로
비판을 자주한다.

그러니 우리는
그들의 말에 귀 기울일 필요가 없다.

그냥 나대로
내가 원하는 대로
나의 인생을 꾸민다면

그것으로 충분한 것이다.

나는 나야

경험

여러 가지의 일들을 해봤다.
전단지 알바로 시작해서
주차장 아르바이트, 김장아르바이트,
고깃집 아르바이트, 상하차, 햄버거 가게,
카페, 건축, 웨이터, 용접, 의류사업 등등

수많은 일들을 해왔다.

딱히 쓸모가 없어 보이는 일들로 보일 수 있다.

하지만 분명히 말할 수 있다.

나에게 있어
쓸모없었던 경험들은 없었다는 것,

여러 일들을 경험해 보고
여러 일들을 시도해 보는 것은
우리의 인생에 많은 영향을 끼친다.

한 우물을 깊게 파는 사람들도 있지만
여러 우물들을 파면
자신에게 맞는 길을 선택하기 수월해진다.

단면적으로 우리의 인생은 짧다.

내가 열심히 파놓은 우물이
내 것이 될 것이라는 보장은 없다.

남들이 꺼려하는 일이든 뭐든
지금 당신이 필요하다 느낀다면 해 보아라.

쓸모없는 경험이란 존재하지 않으니까.

행복하지만 불안함

"난 지금 행복해 그래서 불안해 폭풍 전 바다는 늘 고요
하니깐"

– 혁오의 TOMBOY

지금 누리는 이 행복이 얼마나 갈까.

이 행복이 끝나면
또 얼마나 큰 불행이 찾아올까.

난 행복하고 싶다.

하지만 이상하리만큼 즐거운 날이면
불안하다.

이 하루가 끝나고
텅 빈 집에 들어앉아 가만히 있다 보면
또 얼마나 공허할까.

난 사람과 관계를 발전시키는 것을
꺼려한다.

불안하니까.

나의 불행이
누군가에게 옮겨갈 것 같다는 불안감,

발을 조금만 헛디뎌도
저 깊은 아래로 떨어져 버릴 것만 같다는

불안함

지금 행복을 즐기더라도
지금 당장은 행복하지만,

언젠가 찾아올 불행으로 인해
나는 불안하다.

우리의 인생은 원래
온전히 행복할 수 없다.

굳이 따지고 본다면
불행의 빈도가 행복보다 더욱 클 것이다.

우리가 인생을 살아가는 궁극적인 이유는

그 불행 속에서
행복을 느끼기 위해서일 것이다.

때문에 나는 불안해하지 않기로 했다.

내일이든 모래든 오늘이든
찾아올 불행에 불안해하지 않기로 했다.

오늘을 오늘대로 즐기고

내일을 내일대로 살기로 했다.

길지 않은 인생을 살았지만 느꼈어
별거 없더라구
그냥 굳지 행복하려 할 필요가 없더라구
일을 끝마치고 시원한 캔 맥주 하나 마시면
그냥 그게 전부더라구
더 바라지도 않아

하고 싶은 말보다 듣고 싶은 말

"너는 사람들이 고민을 털어놓거나
조언을 구할 때 어떤 말을 해줘?"

난… 그 사람이 듣고 싶은 말을 해주는 것 같아.

물론 현실적인 위로도 필요하겠지만
그냥 듣고 싶어 할 것 같은 말을 해 줘,
그게 나로서는 **최선인 것** 같아.

내가 만약 정말 힘든 상황에서
상대방에게 마음을 털어놓았을 때

그 사람이 자신의 생각과
하고 싶은 말을 한다면
물론 좋은 영향을 끼칠 수도 있다.

하지만 보통의 경우,

정말로 힘들 때 듣는 말은

내가 원하는 말이 아니라면
전부 개소리로 들리는 것 같다.

그냥 나의 생각이다.

좋은 의도로 말해도
상대방은 그렇게 느끼지 않을 수 있으니까.

때문에 나는 내가 하고 싶은 말보다
상대방이 듣고 싶은 말을 하려고 노력한다.

자신감

자신감이란
반드시 해낼 것이라는 확신이 아니라
실패해도 괜찮다는 여유다.

휘청거려도 괜찮아.
쓰러져도 괜찮아.
우리는 모두 다시 일어설 수 있어.

아무것도 안 하고
위로 올라가는 것은 불가능하다.

남들이 쓸데없는 일이라고 생각하는 일일지라도,

"해야 된다." 우리는 뭐라도 해야 된다.

우리들의 인생은 짧다.

하루라는 시간은 24시간밖에 되지 않고
우리는 그 안에서

무엇인가를 끊임없이 시도하고
도전해야 된다.

인생은 도박이다.

우리가 암만 노력하고 잘한다고
잘될 것이라는 보장이 존재하지 않는다.

원래 그렇다.
인생은 불공평하다.

수없이 쓰러질 것이다.
수없이 넘어지고
수없이 다칠 것이다.

그래도 해야 한다.
그래야만 올라갈 수 있다.

불가능? 물론 존재한다.

하지만 내가 지금
불가능해 보이는 일이라도

꼭 해야 된다는 확신이 있다면,

넘어지고 실패할 각오를 하고 부딪쳐 봐라,
그러지 않는다면
1%의 가능성조차 존재하지 않는다.

계속 도전해야 한다.
힘겹더라도 자신감을 가져야 한다.

한번에 쏟아지는 물은
돌에 흠집조차 내지 못한다.

하지만 한 방울씩이라도
지속적으로 떨어지는 물은
돌을 뚫을 수 있다.

계속해서 계속 부딪쳐 봐라.

자신감을 가지고 계속 부딪친다면

돌을 뚫지는 못하더라도
흠집이라도 낼 수 있다.

우리가 원하는 바에
더욱 가까이 갈 수 있다.

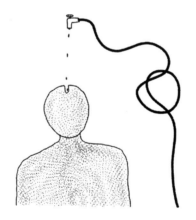

소중한 사람을 떠나보낸다는 것

어릴 때 이런 말을 우리 모두는 들었을 것이다.

"친구들하고 친하게 지내요."

그때마다 드는 나의 생각은 **"왜?"**였다.

인생은 짧고 세상에 사람은 많다.
난 내가 진심으로 원하지 않는 이상
사람들과 친밀한 관계를 유지하지 않는다.

나를 가벼운 마음으로 대하는 사람에게는
가벼운 마음으로 대하고,

나를 하찮게 대하는 사람에게는
나도 하찮게 대했다.

나는 온전히 나를
있는 그대로 존중해 주고
나를 진심으로 위하는 사람들을

가까이 두었다.

그런 사람들이 나에게 진정으로
도움과 위로가 되니까,

하지만 예기치 못한 일들은
언제나 일어난다.

내가 그 사람에 대해 생각했던 것보다
훨씬 실망스러운 사람일 수도 있다.

그럴 때 밀려오는 공허함과 실망감은
처음 그 사람에게 들었던 기대보다
몇 배로 돌아온다.

난 사람을 잘 믿지 않는다.

하지만 한번 믿으면
굉장히 많을 것을 해주려 하고
그 사람에게 의지한다.

2년 동안 알고 지낸 사람이

한 번의 실수지만
나의 마음속에 큰 상처를 냈을 때
나는 그 관계를 끊어야 했다.

도저히 용서할 수가 없었다.

그리고 다른 문제들도 있다.
평생 함께일 것 같던 사람이
세상을 떠났을 때.

가슴이 갈가리 찢겨 나가는 것 같았다.

영원한 관계는 존재하지 않는다.
때문에 더욱 비참하다.

남겨진 사람들은
떠나간 사람들에 대한 추억과
감정들을 잊으려 해도 잊지 못하고
큰 고통과 함께 살아간다.

난 네가 먼저 죽었으면 좋겠어
사랑하는 사람을 떠나보내는

그 감정을
너에게 느끼게 하고 싶지 않아

기댈 곳이 필요한데

필자는 이런 말을 자주 듣는다.

네가 힘들거나 문제가 생긴 것을
말을 해 줘야 알지, 왜 말을 안 하니?

그들의 말에 어느 정도 동의를 한다.

하지만 습관인 것일까,

마음속에 있는 얘기를 쉽사리 꺼내는 것을
꺼려하게 되었다.

내가 살면서 느낀 점은,
부정적으로 보일수도 있지만

나의 좋은 일은 남에게 질투만 남고,
나의 상처는 결국
나의 약점이 된다는 점이다.

나의 상처를 누군가는 약점으로 생각하고
그것을 이용하려는 사람들도 많이 보았다.

때문에 나의 약한 모습을 굳이
다른 누군가에게 보이고 싶지 않아서
그러는 이유도 있는 것 같다.

또 다른 한 가지 이유는
사실상 누군가에게
나의 감정을 말한다고 해서
나에게 꼭 필요하고
위로가 되는 말이 아닌 이상
크게 도움이 되지 않는다.

우리는 각자의 인생과
각자의 짐을 짊어지고 살아간다.

누군가가 우리의 짐을 나눠 들어준다거나
대신 들어주는 것은 불가능하다.

물론 힘은 될 수 있다.

나의 아픔을 이해하고
내가 이 짐을 내려놓을 수 있도록
도와줄 수는 있다.

하지만 나의 아픔과 상처를 대신 겪고
나와 같이 아파할 수는 없다.

물론 누군가에게
자신의 감정을 털어놓는 것을
좋지 않게 생각하는 것은 아니다.

진심으로 자신을 생각하고
위하는 사람에게는
나 또한 나의 감정을 털어놓고 얘기한다.

하지만 그런 사람을 좀처럼
찾을 수 없다는 것이 너무도 슬플 뿐이다.

누구든지 진실된 사람이,

숫자에 상관없이 단 한명이라도
필요하기 마련이니까.

누구든 기댈 곳이 필요하기 마련이니까

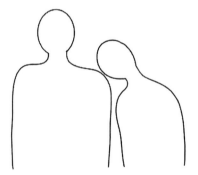

지금 뭐하고 있어

우리가 인식하지 못하는 것이 있다.

바로 위기감이다.
할 수 없는 것이 아니라
하지 않고 있다는 안도감,

자신만은 실패할 리 없다는 안도감.

하지만 아무런 시도도,
행동 또한 하지 않는다면,
우리는 수많은 실패한 사람들 중 한명이 될 것이다.

재능이 부족하다고 걱정하지 마라.
인생에서는 진로가 재능보다 중요하다.
어줍잖은 재능은 없는 것만 못하다.

뒤를 너무 돌아봐서는 안 된다.

내가, 우리가 지금까지 무엇을 하였든

모든 것을 내던질 각오로 뛰어나가야 한다.

그만큼 도전과 용기가 필요하지만
해야만 한다.

그것으로 우리의 인생이 결정되니까.

네 믿음은 네 생각이 된다.
네 생각은 네 말이 되고,
네 말은 네 행동이 되고,
네 행동은 네 습관이 된다.

그리고 네 습관은 네 가치가 된다.

지금 무언가를 시도하는 것 자체가
두려운 걸 나 또한 알고 있다.

아니면 무언가를 하고는 있지만
계속하는 것이 두려운 마음 또한
알고 있다.

하지만 어쩔 수 없다.

이대로 기적이 일어나기를 기다릴 수는 없는 일이다.

우린 나아가야 한다.

너가 아니라 그 사람들이 잘못한 거야

직장 생활이든 학교이든 사회이든지
내가 잘못하지 않은 일에
비판을 받는 일이 종종 발생한다.

그럴 때 웃어넘기든 그 자리에서 따지던
그 상황에 맞는 판단은
당신이 알아서 할 일이다,

하지만 마음속에서 자기 자신을 탓하진 마,

자신이 옳고 틀리지 않았다면 그걸 믿어,

다른 사람의 쓰레기 같은 말로 인해
자기 자신을 깎아내리지 말라는 소리다.

내가 이상한 건가?
내가 예민한 건가?
내가 잘못한 건가?

아니다

잘못한 것은 그들이지 당신이 아니다.

필자의 아버지는
밖에서 기분이 좋지 않은 일이 있거든
항상 집에 와서 나에게 폭언을 내뱉었다.

그때는 그렇게 생각했다.

내가 잘못한 거야.
내가 문제 있는 거야.
내가 예민한 거야.

하지만 짧은 시간에 알 수 있었다.
문제는 나에게서 있는 것이 아니라고,

동료들이나
친구들이나
때로는 가족마저도
사람들은 자신의 잘못을 인정하지 않고

피해자를
가해자로 만들려는 사람이 수두룩하다.

그 사람들과 똑같이
자신이 잘못한 점을 인정하지 않고
적반하장을 하라는 뜻이 아니다.

잘못한 점을 인정하되,
잘못하지 않은 점을
인정하지 말라는 소리다.

하지만 어쩔 수 없이
잘못하지 않은 부분도
인정을 해야 될 때가 존재한다.

더럽고 치사하지만
그래야만 할 때가 빈번히 존재한다.
하지만 네 자신,
네 스스로는
그렇게 생각하지 않았으면 하는 바람이다.

스스로를 믿고 스스로를 변호해야 한다.

자존감이 낮아지는 것은
당신이 문제 있어서가 아니다.

주변이 그렇게 만드는 것이다.

자신을 가치 있는 사람이라 생각해라,

당신은 실제로 그러하니까.

무언가를 잊어버린 것 같은데

너무도 정신없이 살아왔다.

뒤돌아볼 시간도 없이
쉬어갈 틈도 없이
닥치는 대로 달려왔다.

그리고 지금에서야
뒤를 돌아보았을 때 알 수 있었다.

분명 무언가를 두고
너무 멀리 와 버렸다고,

나에게도 꿈이 있었고,
낭만과 청춘이 있었는데

아무것도 즐기지도,
추억도 없이 너무 멀리 와 버렸다.

남들이 다 하는 추억 얘기도 하지 못하고
나에게 남은 것은 커져 버린 머리와
수많은 상처들.

가진 것이 많아진 만큼
잃을 것도 많아지고
내 마음속의 구멍은
점점 더 커져 가는 것 같다.

돈과 안정된 삶 말고
분명 뭔가 더 있었는데 말이다.

각자의 세상

사람들은 모두
자기들만의 세상이 존재한다.

나의 세상과 지금 이글을 읽고 있는
당신의 세상도 다르다.

모두들 자신에게 주어진 세상에 녹아들어
힘겹게 살아간다.

우리는 그 사람들을 이해하지 못한다.

환경이 다르니까,

우리는 다른 사람의 세상을
공감하지 못한다.
사는 세계가 다르니까,

"너의 감정이 전부 이해가 된다."라는 말은
거짓말이다.

우리의 감정과 우리의 세계는
우리 자신만이 이해할 수 있다.

물론 우리와 다른 세계에 살고 있는
그들을 존중할 수는 있다.

하지만 내가 아닌 다른 사람을
이해하는 것은 불가능하다.

그러니 우리는 그들의 세계를 이해하지는
못하더라도 존중해야 한다.

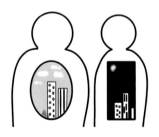

가면

나를 비롯한 대다수 사람들은
그 상황에 맞는
가면을 뒤집어쓰고 살아간다.

분하고 억울할 때 웃어야 되며
너무도 힘겹고 죽고 싶을 때

그렇지 않은 척,

아무렇지 않은 척,
괜찮은 척을 해야 되기도 한다.

때문에 우리는
사람들의 감정을 쉽게 읽을 수 없다.

그들이 무슨 생각을 하는지
좀처럼 알아채기 힘들 수도 있다.

나 자신은 가면을 벗고 있는 그대로

상대를 대해주었지만,

다른 누군가는 가면 뒤에 숨어
우리를 조롱할 수도 있다.

하지만 모든 이에게 우리 감정을
솔직하게 표현할 수 없는 사회이고,

그 때문에 인간관계 또한
힘든 것이라고 생각한다.

사람은 입체적이라고 말한
어느 작가의 말이 생각났다.

당연한 말이지만 착잡했다.

내가 알고 있는 그 사람의 모습이
사실이 아닐 수도 있다는 것 아닌가,

단면적인 사람은 존재하지 않는다.

모두들 저마다의 가면을 쓰고
우리를 대할 것이다.

숨이 막혀 죽을 것 같을 수도 있다.
역겹고 토가 쏠릴 수도 있다.

너무도 힘들어서 무너져 내릴 수도 있다.

그렇지만 우리는 지금까지
꾸역꾸역 버텨왔다.

크고 작은 문제들이 있었을지언정
지금까지 살아왔다.

나는 그걸로 충분하다고 생각한다.

그것만으로도 대단하다고 생각한다.

운수 없는 날

똑같은 하루다.

비슷한 시간에 일어나 음악을 들으며
샤워를 한다.

샤워를 하는 도중에 휴대폰이 물에 젖었다.

아침부터 짜증이 났다.

아침밥으로 계란 후라이를 만들던 도중
잠깐 한눈판 사이 계란이 모두 타 버렸다.

아침부터 되는 게 없었다.

장을 보러 마트에 갔다.

마트에 들어서자마자
괜찮아진 줄 알았던 공황이 왔다.

서둘러 마트를 나와 집으로 돌아왔다.

작업을 하던 중 강한 두통이 느껴졌다.

하던 일을 멈추고
침대로 가는 도중 의식을 잃고 쓰러졌다.

덕분에 뒤통수에 커다란 혹이 생겼다.

"오늘은 운수가 없는 날인가 보다."

오늘따라 참을 수 없는 공허함과
우울에 휩싸였다.

힘겨워 하고 있던 찰나
휴대폰으로 메시지가 왔다.

대충 준비를 하고 밖을 나갔다.

놀랍게도 공황과 두통은 하나도 없었다.

그리고 너를 만났다.

카페를 가고

밥을 먹고

영화를 보며

얼마 지나지 않아 이내 깨달았다.

오늘은 "운수 좋은 날이라는 것을"

오늘은 "행복한 날이라는 것을"

"나에게서 유일한 행복은 너라는 것을"

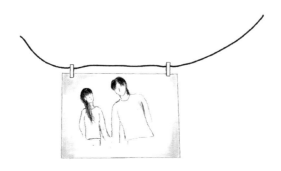

미련이라는 끈을 놓지 못하는 당신에게

일찍이 이 미련을 떨쳐 버렸어야 했다.

조금이라도 더 일찍
이 미련이라는 끈을 끊어 냈어야 했다.

사람에 대한 미련,
자신이 미처 하지 못한 일에 대한 미련,

만약 이 미련을 떨쳐내는 것이
맞는 일이라면,

그리해야 한다.

미련이라는 것은 참 무서운 것 같다.

우리 스스로 놓지 못하게 만든다.
놓아야 된다는 것을,
끊어야 된다는 것을 알면서도
쉽사리 그렇게 하지 못한다.

머릿속으로는
보내 버려야 한다고 말하고 있지만
마음으로는 그러지 못한다.

신기하게도 이 미련이라는 감정은
시간이 지날수록 점점 무거워진다.

놓치지 않으려고 얄팍한 줄로 칭칭 묶어
얇은 손목에 채워진 상태로 버티고 있지만,

시간이 지날수록 내 힘으로
이 감정을 떨쳐 내는 것이 힘겨워진다.

단호해져야 한다.

없애야 하는 미련이라면 잘라내야 한다.

그렇지 않으면
무거운 추를 지탱하는 손이 까지고
피가 나는 것처럼,

우리의 마음 또한
점점 깊게 아파져 올 테니까.

꺾여 버린 꽃

외관적인 상처가 아닌
내면의 상처는 쉽게 아물지 않는다.

당신이 만약 마음에 큰 상처를 입었다면
그 상처는 아주 오래,

어쩌면 영영 낫지 않을 수도 있다.

내가 소중하게 생각하던,
내가 진정으로 믿고 있던 사람에 의해
상처를 받았다면

그 상처는 다른 마음의 상처보다
더욱 깊이 우리의 마음속에 박혔을 것이다.

내가 진정으로 믿었던 사람이
나의 가슴에 못을 막았을 때
그 감정은 매우 고통스러웠다.

그리고
이렇게 말하는 사람들 또한 존재한다.

시간이 지났으니 잊어 달라고,

자신의 단점이 아닌 장점을 봐 달라고.

사과를 하는 사람은 후련해 보이지만
정작 사과를 받은 나는 계속해서 답답하다.
좀처럼 그 사람을 좋게 보기가 힘들다.

만약 계속해서 이런 기분이 든다면
당신은 아직
용서할 준비가 되지 않은 것이다.

당신이 속이 좁은 것이 아니다,
당신이 생각보다 큰 상처를 입은 것이다.

당신을 아프게 한사람을
당신이 용서해야할 의무는 없다.

용서하지 않아도 괜찮다.

그 점은 온전히 당신의 선택이다.

마음의 상처는 외관적인 상처와 다르다.

심한 상처의 경우 흉터가 남듯이
우리의 마음속에서
그 상처를 없애 버리는
것은 매우 힘겨운 일이다.

꺾여버린 꽃이
다시 원래대로 돌아가기에
많은 노력과 고통이 드는 것처럼 말이다.

난 그 감정을 잊을 수 없다
내가 경멸하는 세상에 수긍하며
비위를 맞출 때
내가 혐오하는 사람들 앞에서
고개를 숙였을 때
내가 그토록 역겨워하던 그들과
같은 모습이 되어 있을 때
나의 일말의 자존심조차
남아 있지 않게 되었을 때

뒤를 돌아보았을 때 나는 이미
"꺾여 버린 후였다"

모든 걸 혼자 감당해야 된다는 것

새벽 4시 포장마차에서
과음을 하고 집으로 돌아왔다.

늘 그랬듯 집에는 나 혼자였다.

속이 울렁거렸다.
변기를 붙잡고
한참을 속에 있는 모든 것을 게워 냈다.

술이 조금 깬 것 같다.
속이 편해졌지만 그렇지 못했다.

나도 모르게 두 눈에서
눈물이 계속 떨어졌다.

갑자기 지금까지의 많은
서러운 감정들이 북받쳤다.

한참을 울고 나니

조금은 괜찮아진 것 같기도 했다.

처음 일을 시작한 나이 14살,
좋지 않은 집안 환경과
나 자신에게 떳떳하지 못했던 성격,

너무 많은 걸 혼자 감당했던 것 같다.

너무 많은 걸 깨달았던 것 같다.

난 남들과 다르지 않다고,
남들도 나처럼 다 힘들다고,

내가 유난히 힘들어하는 거라고
스스로를 채찍질했다.

여러 번의 실패와
여러 번의 좌절을 겪었다.

여러 번 무너졌고
수도 없이 다시 쌓았다.

전부 괜찮아진 줄 알았지만
아니었나 보다.

그래서 나는 나의 감정들을 인정했다.

그리고는 스스로 이렇게 말했다.

수고했다고…

지금 당신은 많은 문제들을
혼자 외롭게 짊어지고 있을지도 모른다.

많이 힘들어 하고 있을지도 모른다.

많이 외롭고 서러울지도 모른다.

그런 당신에게 눈을 마주 보며
"수고했다고", "고생했다고"

"지금까지 잘 견뎌왔다고" 말해 주고 싶다.

"일찍이 머리가 커버린 사람들"

어린 나이에 많은 걸 알아 버렸을지도 모른다
철이 들었다는 소리나,
애늙은이 같다는 소리를
자주 들었을지도 모른다
모르는 것이 약이라는 말이 있듯이
일찍이 많은 것들을 알아버린 당신은
또래에 비해 더욱 많은 고민과 생각을 하고
살아왔을지도 모른다
그 고통을 잘 알기에 그 감정을
잘 알기에 이렇게 말해주고 싶다
너무나도 "고생했다고"

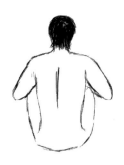

맞추어 주다 보니 만만해졌나 보다

감정을 숨기고
최대한 그 사람에 대해 맞추었다.

나 자신을 낮추고
그 사람을 높였다.

나름의 배려였고 예의였다.

그런데 사람들은 그걸 모르나 보다.

나 자신을 낮추다 보니
어느 순간 정말로 나는
그들에게 낮은 사람이 되어 있었다.

난 단지 밉보이지 않으려고,
혹여나 기분이 상하지 말라고
그랬던 것인데도 말이다.

나 자신을 희생하면서까지

그 사람들에게 맞춰 주었다.

그렇지만 그들에게 난 단지 편한 존재,
만만한 존재가 되어 있었다.

나도 감정이 있고,
나도 화낼 줄 알고,
나도 슬플 줄 아는데 말이다.

나와 같은 경험을 한 사람들은
정말로 많을 것이다.
이 글을 읽고 있는 당신도 그럴지 모른다.

세상은 당신처럼 그렇게 아름답지 않다.
세상은 당신에게 맞춰 주지 않는다.

세상이 우리가 아닌
우리가 이 세상에서 살아가는 것인 만큼
우리는 이 세상에 맞춰야 한다.

자신을 희생하면서까지
남에게 호의를 베풀지 마라.

사람들은 당신이 원하는 대로
당신을 바라보지 않을 것이다.

결국 피해를 보는 것은
당신이 되는 것이다.

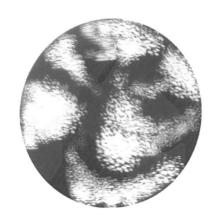

외로움

나는 "인생은 어차피 혼자야."라는 말을
싫어한다.

너무 냉소적이고
방어적이라는 생각이 들었다.

꼭 그런 것만은 아니길,

혼자가 아닐 수도 있다고
논리적으로 반박하고 싶었다.

하지만 나조차도 인정할 수밖에 없었다.

누구나 어느 순간에는 혼자가 된다는 것을.

옆에 누군가 있건 없건,
잠자리에 눕는 순간,
길을 걷는 순간,
밥을 먹는 순간,

우리는 언제나 혼자인 순간을 마주하고
고독감과 외로움을 느낀다.

이 감정은 아무리 사람을 많이 만나던,
인맥이 넓던 채워지지 않는다.

그 이유는
우리 모두에게는 혼자만의 영역이 존재하기
때문이다.

관계로는 채워지지 않는
근원적인 외로움이 있는 것이다.

혼자의 영역을 받아들이지 않으면,
실현 불가능한
이상적인 관계를 꿈꾸기도 하고
관계를 폄하하기도 한다.

하지만 지방을 아무리 먹어도
단백질이 채워지지 않는 것처럼

근원적 외로움으로 인한 허기와 결핍은

타인과의 관계로도 채워질 수 없고
그 감정으로부터 도망친다 해도
언젠가 맞닥뜨리게 된다.

그렇기에 우리가 할 일은
관계를 통해 기쁨을 찾으면서도,
혼자의 영역을 받아들이는 것이다.

우리 자신의 내면을 들여다보고
자신만의 세계를 만들며
자신을 채우는 법을 알아가야 한다.

우리는 공평하게도
각자의 외로움을 이겨내고 있다.

그러니 내가 느끼는 지금의 외로운 감정의
근원을 나 자신으로 돌리지 말자.

우리는 이 외로운 감정이 있기에
사람을 만나고
사랑을 하고,
사랑을 하며 배워 나간다.

나는 이것 또한
인생의 당연한 일부라고 생각한다

가해자

사람은 누구나 실수를 한다.
그것이 크든 작든
사람은 모두 실수를 한다.

2년… 2년이라는 시간 동안
나는 하루에
20시간씩 노동을 하며 살아갔다.

부모님의 건강상의 문제로 동생을 돌보며

3개의 일을 하며 쉴 틈 없이 살았지만,
육체적인 괴로움보다는
정신적인 괴로움이 훨씬 컸었다.

가족들은
내가 어떻게 살고 있는지 알지 못했다.

그 당시에는 가족들이 이해하지 못할 거라
생각하고 말을 안했던 것 같다.

직장에서의 스트레스,
밖에서의 여러 가지 안 좋은 일들,
그리고 가정에서 받는 스트레스까지,
내 정신적인 한계는 극도로 달해 있었다.

당장이라도 창문 밖으로
몸을 던지고 싶은 나날들이었다.

동생 또한
내가 밤낮으로 일을 하는지 몰랐기 때문에

그저 허구한 날 놀러 다니는
철없는 오빠라고 생각했을 것이다.

그것 때문인지,
단순히 부모님이 어릴 때부터
오냐오냐 키운 탓인지,
동생은 허구한 날 나를 하대했다.

여느 때와 같이 일을 끝마치고
집에 돌아온 날,

동생은 나에게 그 당시에는
넘겨들을 수 없었던 말로
나의 마음속에 상처를 깊이 새겼다.

감정을 계속 억누르고 살아왔다.
계속되는 문제를 한평생 내 탓으로 돌리며
살아왔다.

하지만 그날 속에 있는 모든 감정이
터져 나왔고
동생에게 적잖은 충격을 주었다.

항상 나를 향해 있던 칼끝이
처음으로 상대방에게 돌아간 것이다.
그것도 나와 가장 가까운 가족에게 말이다.

실수였다.
굉장히 큰 실수였다.

오랫동안 동생을 위해 많은 것을 희생했던
좋은 오빠였지만 한순간의 실수로 인해

나는 최악의 오빠가 되었다.

평생 피해자라고만 생각했던 내가
한 번의 실수로 가해자가 된 것이다.

사람은 누구나 실수를 한다.

하지만 모두가
그 실수에 대해 이해해 주는 것은 아니다.

난 아직도 모른다

꽤 오래전부터 이 책을 쓰기 시작했다.
여러 직장을 다니며 돈을 벌면서
틈틈이 시간이 나는 대로 글을 썼다.

생각보다 많은 시간이 걸렸지만
난 아직도 인생에 대해 알지 못한다.

행복해지는 법 또한 알지 못한다.

세상을 많이 아는 줄 알았지만
생각보다 세상은 넓고
많은 것들이 존재한다.

아직까지 인생이 힘들고 어렵지만 알 수 있다.

우리는 아직 삶의
일부분만 경험했을 뿐이라는 것을,

나의 인생은 아직 시작하지 않았다는 것을,

많은 경험을 했지만
앞으로 내가 겪게 될 경험들은
지금까지의 경험보다 훨씬 많을 것이다.

우리는 아직 자신에게서
빙산의 일부만 봐 왔던 것이다.

앞으로 있을 일들을 믿고
지금을 살아 보자.

만약 우리의 인생이
불행으로 시작해 불행으로 끝날지라도,

그 안에서

작은 행복을 위해 지금을 살아 보자.

우리는 그럴 자격이 충분하니까.

당신은 충분히
행복하게 살아갈 자격이 있으니까.

에필로그

아주 오래전부터 나 자신이 너무나도 싫었다.
성격, 외모, 그냥 작은 것 하나까지도 너무나도 싫었다.

하지만 지금은 내가 싫지 않다.

내가 얼마나 노력을 했는지,

내가 얼마나 견디며 지금까지 살아왔는지
알아주는 건 나 자신밖에 없다.

행복을 찾기 위해 계속해서 견디고
행복하기 위해 지금까지 노력하였지만
지금은 그렇지 않다.

마음먹기에 행복이 달려있지 않다는 것을 깨달았고,
나의 인생이 불행하다는 것을 인정했다.

나에게 상처를 준 사람들을
잊으려 노력했지만 그 또한 그만두었다.

세상에는 잊지 말아야할 사람 3명이 존재한다.

첫 번째는 내가 힘들 때 나를 도와준 사람,
두 번째는 내가 힘들 때 나를 내버려둔 사람,
마지막은 나를 그 불행 속으로 몰아넣은 사람이다.

때문에 나는 지금의 나의 삶에 큰 영향을 준
3명을 잊지 않기로 했다.

나 자신을 바꾸기 위하여
책을 쓰기 시작했지만

책을 다 쓸 때쯤에는
나 자신을 인정하게 되었다.

나라는 존재 자체가 이미 충분한 존재이고,
내가 지나온 길들을 부정하지 않게 되었다.

온전히 나라는 존재를 인정하고
나의 불행 또한 인정했다.

그러고 나니 마음이 한결 가벼워졌다.

물론 아직까지 나의 삶은 불행하다,
그리도 앞으로도 그럴 것이다.

다만 나의 불행한 인생 속에서
잠깐이나마 빛을 볼 수 있다면 난 만족한다.

이 책 한권으로
당신의 인생에 아주 작은 변화조차 미치지
못할 것이라는 것을 난 알고 있다.

하지만 간절히 바랄 것이다.

당신의 불행한 인생에서 미미하게나마,
당신에게 아주 소중한 빛을 볼 수 있기를 말이다.